VENTE

HORSIN DÉON

Renou et Maulde, imprimeurs de la Compagnie des Commissaires-Priseurs
rue de Rivoli, 144. 11266

PREMIÈRE VENTE

CATALOGUE

DES

TABLEAUX

ANCIENS

DES DIFFÉRENTES ÉCOLES

FORMANT LA COLLECTION

DE

M. HORSIN DÉON

PEINTRE

DONT LA VENTE AURA LIEU

HOTEL DROUOT, 5, SALLE N° 5

Les Jeudi 26 & Vendredi 27 Mars 1868

A DEUX HEURES

EXPOSITIONS { PARTICULIÈRE, le Mardi 24 Mars 1868, de 1 heure à 5 heures.
PUBLIQUE, le Mercredi 25 Mars 1868, de 1 heure à 5 heures.

M° EUGÈNE ESCRIBE	M. HORSIN DÉON
COMMISSAIRE-PRISEUR	PEINTRE
rue Saint-Honoré, n° 217.	rue des Moulins, n° 15.

PARIS — 1868

CONDITIONS DE LA VENTE

Elle sera faite au comptant.

Les Acquéreurs paieront CINQ POUR CENT en sus du prix d'adjudication.

CE CATALOGUE SE DISTRIBUE :

A Paris.......	Chez MM.	EUGÈNE ESCRIBE, Commissaire-Priseur, rue Saint-Honoré, 217.	
Id.	—	HORSIN DÉON, Peintre Expert, rue des Moulins, 15.	
Londres.....	—	COLNAGHI et Cie, Marchands d'Estampes.	
Id.	—	GRAVES et Cie,	id.
Id.	—	HOLLOWAY,	id.
Manchester.	—	GRUNDY,	id.
Amsterdam.	—	BUFFA et fils,	id.
Leipsick....	—	R. WEIGEL,	id.
Id.	—	DRUGULIN,	id.
Berlin.......	—	AMSLER et RUTHARDT,	id.
Francfort-s.-Mein......	—	PRESTEL,	id.
Vienne......	—	POSONYI,	id.
Cologne.....	—	J.-J. PRICKEN,	id.
A Munich...	—	MONTMORILLON,	id.
Id.	—	AUMULLER,	id.

Il faut à toute Vente des motifs qui en établissent la sincérité : ceux qui déterminent la mienne sont simples.

Depuis bientôt trente ans, tous les Amateurs et Spéculateurs qui s'occupent de Tableaux ont pu suivre les différentes phases de ma déjà longue carrière passée au milieu d'eux; elle se résume ainsi : à dix-huit ans, j'exposai pour la première fois, et trois années de suite les portes du Salon me furent ouvertes.

Mais, jeune artiste sans fortune, le hasard devait décider de mon avenir; il me fit Restaurateur de Tableaux. Dans cette carrière, j'acquis une position qui me mérita la confiance d'un grand nombre d'Amateurs. Plusieurs d'entre eux m'ayant chargé de composer leurs Collections, j'entrepris à cet effet de nombreux voyages.

En ce temps, on rencontrait encore d'excellents Tableaux à des prix raisonnables : je parvins ainsi à satisfaire les espérances de mes commanditaires, et aussi à me choisir une Collection particulière qui se compléta d'acquisitions importantes que je fis à Paris en 1849 et 50; entre autres les meilleurs Tableaux dont M. Dubois, ancien marchand de grand renom, était encore possesseur.

Mais tout change en ce monde, et la Salle des Ventes possède seule aujourd'hui, en Tableaux anciens, une véritable clientèle. Il me faut donc livrer mes Tableaux aux enchères; car n'en vendant plus, je ne suis pas assez riche pour les conserver, surtout étant arrivé au jour où l'avenir de mes enfants m'impose, comme à tous les pères de famille, de vrais sacrifices.

L'espoir qu'aucune idée de spéculation ne peut m'être attribuée m'a fait choisir quatre-vingts Tableaux des plus aimables parmi les œuvres de l'École française et de l'École flamande qui composent ma Collection, et je les livre avec confiance, convaincu que MM. les Amateurs et Spéculateurs visiteront mon Exposition avec quelque empressement, puisque, dans ma position, je ne puis ni ne dois leur présenter en mon nom que des œuvres dignes d'eux et de moi.

HORSIN DÉON.

DÉSIGNATION

DES

TABLEAUX

ÉCOLE FRANÇAISE

BOILLY

(LOUIS-LÉOPOLD)

1 — Jeux d'Enfants.

Dans un paysage, un jeune garçon arrive en courant apporter un oiseau à une petite fille. Elle est agenouillée près d'un tertre, devant une cage qui déjà en renferme un autre qu'elle semble craindre de troubler.

Le costume pittoresque de ces enfants, de l'époque de Louis XVI, ajoute un charme de plus à cette petite peinture.

Toile. Ovale. — H. 12 c. L. 10 c.

BOUCHER

(FRANÇOIS)

Signé 1766.

2 — **La Pêche.**

Dans un paysage boisé et arrosé par une petite rivière, un jeune garçon s'est installé au bord de l'eau pour pêcher en compagnie d'une gentille paysanne assise près de lui; elle tient déjà un poisson à la main, et lui, à demi étendu sur un tertre, vient de jeter sa ligne. — Ils sont tous deux dans l'attente d'une nouvelle prise, attente que partage un troisième personnage, gracieuse paysanne debout derrière eux, le coude appuyé sur une vache et tenant à la main un panier rempli de verdure.

Un baquet presque enfoncé dans la vase, une sébile de bois, un tronçon d'arbre jeté à terre, une espèce de hangar couvert de chaume construit dans les arbres pittoresquement distribués, composent un ensemble qui, joint à une couleur d'une exquise fraîcheur, dispose agréablement l'esprit en l'invitant aux riantes idées.

Toile ovale. — H. 76 c. L. 60 c.

BOUCHER

(FRANÇOIS)

Signé 1756.

3 — **Le Batelier.**

Au pied des murailles ou terrasses d'un vieux castel à la poterne duquel on arrive par un pont rustique, coule une rivière. Un bateau chargé des filets et de la famille du pêcheur qui le dirige, aborde au premier plan.

Sujet bien simple, mais qui, sous le pinceau de Boucher, acquiert un charme infini, car il a su couronner avec art ces vieilles murailles, d'arbres et d'arbustes; diversifier la gauche de ce tableau en y introduisant une écluse formée de planches et de vieux madriers; enfin, attirer tout l'intérêt sur le ravissant groupe de la jeune femme et des enfants du pêcheur au devant desquels un petit chien est accouru.

Toile ovale. — H. 70 c. L 68 c.

BRASCASSAT

(JACQUES-RAYMOND)

4 — **Un Lièvre mort étendu à terre dans un paysage.**

Ce tableau, acheté à la vente de M. Richard, maître de Brascassat, a été à ma prière retouché par ce dernier, qui, du reste, l'a lithographié.

H. 24 c. L. 31 c.

BOUTON

(CHARLES-MARIE)

Signé.

5 — **Une Salle de l'Ancien Musée des Augustins.**

Des tombeaux du moyen âge ainsi que des bas-reliefs, des inscriptions et une statue scellées à la muraille, sont exposés dans une chapelle gothique que visite M. Lenoir. Ce savant directeur s'y voit marchant enveloppé dans une large douillette et la tête nue. Le jour y pénètre à travers des vitraux de diverses couleurs dont la lumière mystérieuse produit le meilleur effet.

Vente du peintre Bouhot, 1862.

Toile. — H. 45 c. L. 35 c.

CHARDIN

(SIMÉON J.-B.)

6 — **Le Toton.**

Debout devant une table dont le tiroir ouvert laisse passer un porte-crayon, et sur laquelle sont déposés des livres, une écritoire et un rouleau de papier, un jeune écolier, dans le charmant costume de Louis XV, suit du regard les mouvements d'un toton qu'il vient de lancer.

Toile. — H. 68 c. L. 77 c.

CHARDIN

(S. J. B.)

Signé.

7 — **Accessoires de cuisine.**

Un chaudron avec son écumoire, un chou, des carottes, des concombres, une serviette, une cruche de terre, un navet sont déposés sur une table de cuisine.

Toile. — H. 30 c. L. 42 c.

CHARDIN

(S. J. B.)

8 — **Accessoires de cuisine et Légumes.**

Une grande marmite de cuivre rouge à anse de fer avec couvercle, une serviette, une salière, un pot à eau de faïence blanche, un poulet plumé, une botte d'oignons, trois œufs, des poireaux, des carottes, sont déposés ou groupés sur une table de pierre.

Ces trois tableaux, d'une couleur puissante, chacun dans une manière différente du maître, offrent comme l'image du singulier talent de Chardin, qui, toujours à la recherche de la vérité naïve, variait sa manière d'année en année.

Toile. — H. 30 c. L. 42 c.

DAVESNE

9 — **Les Cerises.**

Une jeune fille blonde, vêtue d'un simple jupon, d'une chemise et d'un fichu de gaze passé sur ses épaules, laissant en partie sa poitrine découverte, est assise devant une petite table et joue à passe-passe avec des cerises. Une corbeille qui en est remplie est posée devant elle.

Toile ovale. — H. 30 c. L. 24 c.

DAVESNE

10 — **Les Prunes.**

Dans ce second tableau, c'est une jeune femme vêtue d'un élégant costume à la paysanne : petit bonnet rond orné d'un ruban bleu, robe jaune rayée, à manches courtes, fichu léger qui laisse voir ses bras et sa poitrine à découvert; appuyée sur une rampe de pierre, elle tient dans son tablier de soie noire de belles prunes, et elle en élève deux en l'air suspendues sur son doigt.

Ces deux petits tableaux du maître de Mme Lebrun ont été gravés plusieurs fois, entre autres en couleur et de même grandeur. Dans ces derniers temps, ils ont encore été reproduits par la lithographie.

Toile ovale. — H. 30 c. L. 24 c.

FRAGONARD

(JEAN-HONORÉ)

11 — **Le Serment d'amour.**

Dans un endroit mystérieux et solitaire d'un bois consacré, s'élèvent la statue de l'Amour placée sur un piédestal, et un autel où de petits Amours supportent une table de pierre sur laquelle est gravé le serment d'aimer toute sa vie. Arrivent dans cette solitude deux amants tout entiers au délire de la jeunesse et le cœur rempli de l'élan qui veut sacrifier à l'Amour; ils viennent en consacrer l'éternité sur l'autel du dieu, tout à la fois par un baiser et par un serment.

Toute la chaleur, tout l'entrain dont Fragonard est susceptible, se rencontrent dans ce ravissant groupe des deux amants, éclairés par un vif rayon de lumière qui semble divin et dans lequel on sent comme palpiter la vie.

Vente de M. Saint en 1846, et de M. le duc de Narbonne.

Toile. — H. 64 c. L. 55 c.

FRAGONARD

(JEAN-HONORÉ)

12 — **Paysage**.

Le site est boisé et accidenté. Sur un monticule sablonneux, se voit un bouquet d'arbres aux branchages les uns dénudés, les autres vigoureux et chargés de feuilles, qu'ils étendent sur un ciel nuageux mais resplendissant de lumière. Sur le devant, des débris d'arbres brisés, une mare dans laquelle un troupeau de moutons vient s'abreuver et où un jeune paysan puise de l'eau. Sur le tertre, une jolie petite figure de femme assise et gardant deux vaches blanches.

Ce tableau, d'un effet piquant, d'une couleur brillante et transparente, offre l'aspect d'un beau Ruysdaël.

Bois — H. 22 c. L. 32 c.

FRANQUELIN

(JEAN-AUGUSTE)

Signé.

13 — L'Abandon.

Dans un modeste intérieur, une jeune et belle brodeuse, élégante ouvrière, gracieusement coiffée d'un léger bonnet, tablier de soie, robe d'indienne ouverte, laissant apercevoir un jupon d'une grande blancheur, et un petit pied coquettement chaussé d'un brodequin, vient de recevoir une lettre qu'elle a déchirée et jetée à terre ainsi qu'un médaillon qu'elle portait à son cou; accablée de douleur, la tête dans sa main, assise près de son métier sur lequel son coude est appuyé, elle pleure amèrement.

Dans le fond, on aperçoit encore, par la porte ouverte, le facteur qui vient d'apporter la triste missive.

Toile. — H. 48 c. L. 41 c.

GREUZE

(JEAN-BAPTISTE)

14 — Tête de Jeune Fille.

Elle est blonde. Ses yeux bleus sont levés vers le ciel, sa bouche est souriante et son visage coloré est embelli par l'expression du bonheur. Sa chevelure bouclée, qu'un simple ruban bleu ne retient qu'à demi, est ornée de petites roses. Un fichu blanc, un tablier, une robe de tons rompus, achèvent l'ensemble de cette jolie tête.

Quoique exécutée par de simples frottis, cette gracieuse peinture n'en possède pas moins tout le modelé et tout le rendu d'une œuvre terminée. Son suprême avantage, surtout, est d'être l'expression d'une des premières pensées d'un grand artiste.

Collection du peintre Langlois, de Sézanne.

Toile. — H. 45 c. L. 38 c.

GREUZE (Mlle)

Fille aînée de GREUZE,

D'après SON PÈRE.

15 — **Le Baiser par la fenêtre.**

C'est une jeune et jolie fille blonde qui, tout heureuse du contenu d'une lettre qu'elle tient à la main, s'est avancée à la fenêtre dans le pittoresque désordre du négligé du matin pour y répondre par l'envoi du plus ravissant baiser.

La pensée de ce tableau, sa composition, appartiennent seules à Greuze. Son effet, la disposition des ajustements diffèrent presque complétement avec le tableau original. Ainsi, dans ce dernier, la lettre est déposée sur l'appui de la fenêtre : dans le nôtre, la jeune fille la tient à la main. C'est donc presque un original que nous offrons, d'autant plus qu'il est notoire que Greuze retouchait à toutes les œuvres de ses filles, et surtout de l'aînée, dont il affectionnait plus particulièrement le talent.

Toile. — H. 60 c. L. 50 c.

GRIMOUX

Signé 1732.

16 — **Portrait de Paul Poisson.**

A son front chauve, à ses cheveux blancs rejetés en arrière, on voit que ce spirituel comédien est représenté dans un âge avancé, mais il paraît encore plein de sève et de jovialité. Il est debout, en costume noir, une fraise à triple rang entoure son cou, de hautes manchettes blanches dentelées sont relevées sur ses poignets, une toque ornée d'une chaîne d'or peu apparente est artistement posée sur sa tête. Le geste de sa main droite indique qu'il vient de parler, et de sa main gauche, qu'il tient appuyée sur sa hanche, il relève le coin de son manteau.

Évidemment, ce personnage porte un costume de théâtre, celui de Crispin, sans doute, mais que Grimoux, fantaisiste par tempérament, semble avoir modifié en le faisant plus ample et en y introduisant des crevés, de façon à lui donner l'aspect espagnol qu'il affectionnait et qu'on retrouve dans tous ses ouvrages.

Ce portrait est incontestablement un des plus beaux que Grimoux ait faits. Il est exécuté avec un soin particulier; son effet est rembranesque, et sa couleur lumineuse possède d'autant plus d'éclat que les clairs-obscurs qui la ménagent ont un vaporeux et une transparence des plus harmonieuses.

Toile. — H. 1 m. 30 c. L. 96 c.

GUERIN

(FRANÇOIS)

Signé.

17 — Portrait de Mme Dubarry, en Diane.

Dans un paysage boisé, au fond duquel on aperçoit un temple et une rivière, un cerf traqué par Diane et ses Nymphes vient de se jeter à l'eau ; il est suivi par toute une meute, et la déesse, sur le premier plan, tout en courant, saisit la flèche qui doit frapper le pauvre animal et abréger ses angoisses.

Agréable petite peinture exécutée avec grand soin.

Toile. — H. 30 c. L. 27 c.

HILAIRE

Signé 1778.

18 — **Vue prise aux environs de Constantinople.**

A droite, sur une éminence, une importante mosquée domine des massifs d'arbres et de nombreuses maisons particulières pittoresquement construites; au fond, un fleuve et ses rives accidentées; sur le devant, des terrains éboulés et un bouquet de vieux arbres à l'ombre desquels cinq musulmans, assis à terre, causent et fument.

Une exécution facile, une couleur agréable et de spirituelles figures, distinguent cet excellent tableau d'un maître qui a peu produit, étant constamment employé comme dessinateur.

Toile. — H. 46 c. L. 58 c.

HORSIN DÉON

19 — **La Copiste.**

(Exposition universelle de 1855).

Bois — H. 46 c. L. 35 c.

ISABEY

(JEAN-BAPTISTE)

Signé 1822.

20 — **La Déclaration.**

Dans un salon du moyen âge, orné de sculptures et de la statue du Silence, un jeune homme, agenouillé aux pieds d'une gracieuse châtelaine assise devant un orgue, a saisi sa main et la presse contre son cœur.

Quoique les rayons du soleil pénètrent radieux dans ce palais, cependant la crainte d'un danger agite les heureux amants.

Gracieuse composition exécutée avec un soin, un fini ravissants. Elle est sans aucun doute une des meilleures productions d'Isabey en ce genre.

(Sépia.)

H. 21 c. L. 15 c.

JEAURAT

(NICOLAS-HENRI)

21 — **Un Dîner chez Van Loo.**

Cet artiste est à table, en compagnie de Jeaurat et d'un autre personnage qu'à la tournure, quoique vu de dos, on soupçonne d'être Raoux. Une salade, un poulet sont déjà servis, mais le repas est interrompu par l'arrivée d'un petit cuisinier, porteur d'un rôti sur un plat d'argent. Il est accusé, d'après les gestes expressifs et le jeu de la physionomie du maître et des convives, d'avoir changé la qualité du vin, ce que dénie le malin enfant dont la pose et le visage expriment une feinte surprise.

Un vase de fleurs sur la cheminée, un tableau sur un chevalet, une boîte à couleurs sont autant d'accessoires qui meublent ce tableau et contribuent à son riant aspect.

Toile. — H. 50 c. L. 57 c.

JEAURAT

(NICOLAS-HENRI)

22 — **Un Déjeuner chez Coysevox.**

Chez le célèbre sculpteur, l'appartement est plus luxueux et la table plus confortablement servie. Deux convives lui font également compagnie, ils doivent être l'un Dumesnil, l'autre Santerre. L'action qui anime cette riante composition est le moment où Coysevox, ouvrant triomphalement un magnifique pâté qui occupe le centre de la table, tourne la tête du côté de Dumesnil croyant y rencontrer la même surprise admirative que chez Santerre ; mais il le trouve simplement occupé à courtiser du regard sa jeune gouvernante, bonne grosse Bourguignonne qui, tout en lui versant à boire, sourit aux avances du galant.

Ces deux curieuses peintures n'intéressent pas seulement par les personnages qu'elles représentent, mais encore par les expressions bien senties, par la gaieté de bonne compagnie, le laisser-aller qui y règne, comme aussi par leur habile exécution.

Toile. — H. 50 c. L. 77 c.

LACROIX

23 — **Vue prise aux bords de la Méditerranée.**

A droite, l'entrée d'un port et ses fortifications. Sur une haute tour flotte le drapeau génois. On aperçoit des monuments importants sur la montagne, et une foule de mâtures qui dominent les fortifications. Plusieurs petites embarcations sont en mer, ainsi qu'un gros navire qui entre dans le port, voiles déployées. Sur le premier plan on voit un pêcheur, des matelots qui jouent aux cartes, un pauvre qui demande l'aumône à un musulman et à un gentilhomme. Le soleil couchant dore de ses rayons cet excellent tableau du maître, d'une couleur brillante et que Lacroix a d'autant plus soigné qu'il était destiné à faire pendant à un tableau de Vernet, son maître.

Provenant de la galerie Cambiaso, de Gènes.

Toile. — H. 85 c. L. 54 c.

LANTARA

(SIMON-MATHURIN)

24 — Paysage.

La vue, prise un peu à vol d'oiseau, permet à l'œil de parcourir un pays montagneux dans lequel on aperçoit une ville et un large fleuve qui se perd dans un horizon lointain. A gauche, sur un tertre, se voit une jolie petite ferme et un bouquet d'arbres agités par la tempête qui, en ce moment, gronde sur le pays.

Ce petit tableau, finement exécuté, réunit toutes les qualités désirables dans les œuvres de ce maître.

Cuivre. — H. 12 c. L. 17 c.

LARGILLIÈRE

(NICOLAS DE)

Signé.

25 — **Portrait de Mme Duvant.**

Cette dame est jeune et jolie; ses cheveux poudrés, légèrement ondulés et relevés, sont ornés d'une fleur et d'un bijou composé de brillants et d'une grosse perle. Sa robe et son manteau doublé de soie blanche, artistement drapé sur ses épaules et sur ses bras, sont de velours cramoisi brodé d'or. Une agrafe de brillants à laquelle pendent deux grosses perles, orne sa poitrine qu'encadre une garniture de riches dentelles.

On trouve, derrière la toile de ce gracieux portrait, la signature du maître et, selon son habitude, les noms et qualités de la dame et ceux de son mari, qui était maître des comptes.

Toile. — H. 78 c. L. 66 c.

LARGILLIÈRE

(NICOLAS DE)

26 — **Portrait de Mme la Comtesse de Sorel.**

Elle est brune et belle; ses cheveux poudrés, disposés comme dans le précédent, sont ornés d'une grosse perle, d'un rubis et d'une plume noire. Une chemisette garnie de dentelle encadre sa poitrine. Sa robe est de satin blanc damassé, brodée d'or. Une légère écharpe de soie rose, retenue à sa manche blanche par un bijou de pierrerie auquel pend une grosse perle, est gracieusement jetée sur ses épaules et ramenée en avant; elle termine heureusement ce brillant portrait, qui se détache aussi sur un fond de paysage.

Toile. — H. 82 c. L. 65 c.

LARGILLIÈRE

(NICOLAS DE)

27 — **Portrait d'Homme.**

Vu en buste, il est coiffé d'une perruque légèrement frisée. Son habit est noir, avec boutons brodés d'or. Sa chemise est ouverte, un manteau de velours bleu doublé de satin jaune damassé est jeté sur son épaule droite.

Ce portrait doit être celui de quelque illustration du temps; le négligé de la toilette du personnage, la belle exécution de ce tableau, tout l'annonce.

Toile. — H. 82 c. L. 65 c.

LEDOUX (Mlle)

28 — **La Petite Coquette.**

C'est une petite fille blonde dont la soyeuse chevelure, libre, tombe en frisant légèrement sur ses épaules, et encadre son visage empreint d'un petit air réfléchi. Elle tient à la main une glace et regarde l'effet d'un collier de perles qu'elle vient de passer autour de son cou.

Cette aimable et naïve peinture est exécutée tout à fait dans la manière de Greuze.

Toile. — H. 40 c. L. 32 c.

LÉPICIÉ

(NICOLAS-BERNARD)

Signé 1732.

29 — **Le Départ du Braconnier.**

L'intrépide chasseur, aux formes athlétiques, quitte sa pauvre demeure portant son fusil sous le bras et son carnier au côté. Une barbe épaisse et des cheveux grisonnants encadrent son visage énergique qui contraste avec l'air enjoué et la physionomie ouverte d'un gentil petit garçon qu'il tient par la main. Le petit espiègle pose en riant le chapeau du braconnier sur la tête d'un chien caniche qui les accompagne d'un air grave.

Bois. — H. 30 c. L. 25 c.

LÉPICIÉ

(NICOLAS-BERNARD)

Signé.

30 — **La Femme du Braconnier.**

Cette pauvre femme, jeune encore, mais au front ridé, aux formes masculines, rapporte au logis un lièvre caché dans son tablier sous des morceaux de bois mort, dont elle tient aussi quelques fragments dans sa main gauche. Sa gracieuse petite fille, toute radieuse, s'empare du gibier pour le réunir à un beau faisan doré posé dans une hotte qui est appuyée contre un tréteau. Un chat sur une table, du linge qui sèche sur une corde, un tonneau renversé, meublent cet intérieur misérable, dans lequel le bonheur semble être le partage des enfants, et les inquiétudes de la lutte réservées aux seuls parents.

La grâce et l'enjouement de l'enfance opposés aux décrépitudes qu'entraîne avec elle la vie de bohême, quelques accessoires heureusement disposés, la lumière ménagée avec intelligence ainsi qu'une exécution des plus spirituelles, composent un ensemble saisissant d'intérêt et d'un effet des plus piquants.

Bois. — H. 30 c. L. 25 c.

VAN LOO

(CARLE)

31 — **Une Sultane.**

Vêtue d'un élégant costume oriental, un collier, des pendants, des bracelets de perles, complètent sa parure. Nonchalemment étendue sur des coussins, elle pince de la guitare, le coude appuyé sur une table basse couverte d'un tapis, sur laquelle est un vase de fleurs.

Une exécution facile, une couleur agréable, distinguent cette charmante figure.

Toile. — H. 73 c. L. 60 c.

VAN LOO

(CARLE)

32 — **Portrait d'une Princesse de la Maison de Savoie.**

C'est une jolie petite fille d'environ quatre ans; elle est debout, vêtue à la Louis XV. Un petit bonnet parsemé de fleurs encadre son charmant visage arrondi, une robe à paniers en soie blanche brodée d'or qui laisse ses bras et sa poitrine à découvert. Un tablier, des manchettes et une garniture de dentelle composent son costume qu'achève un long manteau bleu doublé d'hermine, attaché sur ses épaules. Cette gracieuse enfant est vue dans un appartement près d'un fauteuil de velours cramoisi. Elle tient dans ses mains potelées un ruban bleu auquel est attaché un petit oiseau qui voltige autour d'elle.

Toile. — H. 96 c. L. 70 c.

VAN LOO

(MICHEL)

33 — **Portrait de Henri duc de Bourbon.**

Il est debout, jeune, la tête nue, les cheveux poudrés coiffés à la Louis XV. Il porte l'épée au côté et le ruban bleu sur sa cuirasse. Une écharpe blanche ceint sa taille. Sa main gauche est appuyée sur sa hanche, la droite repose sur un bâton de commandement.

Cette belle figure remplie de noblesse, d'une couleur brillante, se détache sur un rideau cramoisi et sur un fond d'architecture.

Toile. — H. 1 m. 10 c. L. 76 c.

MALO

(VINCENT)

34 — **La Vierge, l'Enfant et Sainte Catherine.**

Sainte Catherine s'avance humblement, les mains croisées sur la poitrine pour recevoir l'anneau des fiançailles que tient en sa main l'Enfant Jésus à demi couché sur les genoux de la Vierge Marie. Deux anges debout, derrière sainte Catherine, d'autres sur des nuages, complètent cette gracieuse composition.

Vincent Malo, né à Cambrai, a passé presque toute sa vie à Gênes où il reçut les leçons de Rubens. Ses œuvres, communes il y a quelques années en cette ville, en ont presque toutes disparu ; bientôt elles y seront oubliées.

Ce joli petit tableau, d'une couleur brillante, provient de la collection Vivaldi.

Cuivre. — H. 21 c. L. 17 c.

MARTIN

(P.-D.)

35 — **Vue de Fontainebleau.**

Prise un peu à vol d'oiseau, par une belle matinée, la vue, qui s'étend au loin, est bornée par le Mont Pierreux et la Vallée de la Chambre. Le donjon et les divers bâtiments du château, le grand parterre au centre duquel on aperçoit la fontaine du rocher, la ville, occupent le centre du tableau.

Un peu en avant, à la gauche, se voient les petites écuries du roi et les pittoresques bâtiments de la Capitainerie ; à droite, l'hôtel de Condé.

Puis, c'est la plaine parcourue par des carrosses, des cavaliers et des gens de pied. Enfin, sur le premier plan, composé de terrains sablonneux et de blocs de grès, on voit une meute et des chasseurs traquant un cerf aux abois.

Rond. Toile. — H. 97 c. L. 97 c.

MARTIN

(P.-D.)

36 — **Vue de Vincennes.**

La vue s'étend également à une grande distance et permet de voir quelques rues de la ville, toute la forteresse dans le plus grand détail : son donjon, ses tours, son église ; puis, à côté d'elle, un superbe palais entouré de pelouses et de jardins magnifiques ornés de jets d'eau.

Sur le premier plan, des massifs de verdure et d'arbres bordent une route sur laquelle arrivent au galop des seigneurs montant de vigoureux coursiers. Plusieurs cavaliers s'y voient encore tenant en mains d'autres chevaux. Des chiens accouplés et des valets se reposent au pied d'arbres centenaires.

Exécutés dans la manière de Van der Meulen, ces intéressants tableaux possèdent pourtant le fini et l'exactitude de la ligne qui distinguent les œuvres de Martin; à ces qualités ils joignent encore une couleur brillante et une entente parfaite dans la disposition de leur composition.

Rond. Toile. — H. 97 c. L. 97 c.

MONOYER

(BAPTISTE)

37 — Vase de Fleurs.

Des roses, un pavot, des œillets, des volubilis, des lilas, des jacinthes, une grenade, des capucines, des bluets et d'autres fleurs sont groupés dans un vase orné de bas-reliefs déposé sur une table de pierre.

Toile. — H. 74 c. L. 58 c.

NATTIER

(JEAN-MARC)

38 — **Portrait d'une des Filles de Louis XV.**

Elle est vue en buste; des cheveux légèrement bouclés relevés sur la tête encadrent son visage rempli d'animation.

Toile. — H. 43 c. L. 33 c.

OUDRY

(JEAN-BAPTISTE)

Signé 1727.

39 — **Épisode de Chasse.**

Dans une clairière, un chasseur sur un élégant cheval blanc, tenant en mains le cheval bai d'un camarade qui accourt à lui, voit spontanément apparaître, au détour d'un chemin, un cerf poursuivi par la meute. Son embarras paraît d'autant plus grand que ses chiens accouplés sont attachés sur le premier plan, au tronc d'un arbre brisé, et ne peuvent, ainsi que lui, venir en aide à la chasse.

Toile. — H. 65 c. L. 83 c.

OUDRY

(JEAN-BAPTISTE)

40 — Le Château.

De construction irrégulière, ce château d'un gentilhomme campagnard est placé sur un petit monticule et occupe la droite du tableau. La ferme s'aperçoit dans le fond. Sous une porte à demi ruinée passe une femme et son chien conduisant des moutons. Sur le premier plan, un petit paysan, monté sur un âne, se dispose à faire franchir le gué à une chèvre déjà dans l'eau, à deux vaches dont une s'abreuve, et à quatre moutons.

Les tableaux de petite dimension de ce maître si séduisant sont très-rares, et ceux-ci joignent à cet avantage celui d'être exécutés et étudiés avec grand soin, je dirai même avec amour.

Toile. — H. 65 c. L. 83 c.

PIGAL

(EDME-JEAN)

Signé.

41 — Le Ménage du Savetier.

Le pauvre diable, rentré au logis un peu aviné, reçoit de sa vigoureuse moitié de touchantes remontrances qui endommagent singulièrement leur petit ménage. Les chaises sont renversées, la marmite et le balai brisés. Le malheureux savetier vaincu, presque terrassé, entraîne dans sa chute son établi, seul meuble resté encore debout. Une voisine qui entrebâille la porte avec curiosité achève cette scène de mœurs, rendue avec verve et grande vérité.

Gravé.

Toile. — H. 56 c. L. 42 c.

SANTERRE

Signé.

42 — **La Rêverie.**

Éclairée par une bougie à réflecteur, une jeune fille assise devant une table, la main droite posée sur un livre, la tête appuyée sur la main gauche, vient de quitter une lecture qui la laisse rêveuse et pensive.

L'effet de ce tableau est des mieux entendus. La lumière en est douce et s'harmonise admirablement avec le sujet.

Toile ovale. — H. 60 c. L. 78 c.

SWEBACK

(JACQUES, dit FONTAINE)

Signé.

43 — **Bataille.**

Des troupes tentent le passage d'une rivière. A gauche sont quelques pièces d'artillerie; au centre, sur un tertre, un officier supérieur dirigeant l'attaque et donnant des ordres aux officiers qui l'entourent, est monté sur un fougueux cheval blanc. A droite est la rivière traversée par des masses de valeureux cavaliers qui, arrivés à l'autre bord, rencontrent un ennemi non moins vaillant et rivalisant d'ardeur dans le combat.

Une exécution facile et spirituelle, une couleur agréable, une fougueuse animation, distinguent cette grande composition dans un petit cadre.

Bois. — H. 32 c. L. 64 c.

TARAVAL

(HUGUES)

44 — **Femmes au Bain.**

A l'écart, dans une vaste grotte, deux jeunes filles, assises au bord d'un courant d'eau, sont venues se baigner. L'une, confiante en leur solitude et entièrement nue, se retire du bain; l'autre, bonne grosse paysanne, à demi déshabillée, les jambes plongées dans l'eau, lave du linge; mais, dans le fond, deux indiscrets bergers se glissent en tapinois derrière les rochers.

Gracieuse et riante composition, qui joint à une couleur agréable une habile exécution.

Rond. Toile. — H. 35 c. L. 35 c.

VERNET

(JOSEPH)

Signé. Rome, 1749.

45 — **Paysage.**

C'est un pays montagneux où l'on aperçoit dans la vapeur une ville au pied d'une haute montagne; un fleuve vient tomber en chute à travers les rochers du second plan, qui sont couronnés d'arbustes et où l'on remarque une riante villa. Sur les rochers du premier plan, un vieil arbre, à moitié brisé, occupe le centre de la composition. Il balance son feuillage rare et léger sur un ciel brillant, éclairé par les premiers rayons du jour.

Trois figures vivement éclairées, l'une, femme qui sort du bain, l'autre à laquelle un jeune homme semble donner une leçon de pêche, complètent l'ensemble de ce beau tableau rempli d'effet et de poésie.

Provenant de la galerie Cambiaso, de Gênes.

Toile. — H. 85 c. L. 54 c.

VERNET

(JOSEPH)

46 — La Tempête.

Le ciel est chargé de nuages épais, la mer est furieuse. Plusieurs navires luttent contre la tempête, entre autres un trois-mâts qui, la voilure en désordre, marche à la dérive. Un bateau de sauvetage, monté par six rameurs, vient de quitter la côte pour lui porter secours ; mais une raffale affreuse le lance sur un écueil et le fait sombrer lui-même. Sur les rochers du premier plan, deux femmes, saisies de frayeur à cette vue, et un vieillard tombé à genoux, tendent avec désespoir leurs bras impuissants aux naufragés. Au second plan, arrive en hâte un matelot chargé de cordes et suivi d'une femme.

Cette scène émouvante est rendue d'autant plus saisissante, que la gouache offre à l'artiste un moyen prompt de rendre sa pensée, toujours plus énergique quand elle s'exprime du premier jet.

Gouache — H. 70 c. L. 90 c.

VERNET

(JOSEPH)

47 — Le Calme.

A gauche, des rochers escarpés et des falaises couronnées par une vieille tour et par d'importantes fabriques. A droite, la pleine mer, des navires en panne, parmi lesquels un trois-mâts est surtout en évidence. Le ciel couvert de nuages, dont la lune se dégage et se reflète brillante dans les eaux paisibles de la mer ; au loin, sur la rive, des matelots réunis autour d'un grand feu, et sur le premier plan, des pêcheurs dans leurs barques disposant leurs filets, composent cette marine d'un effet saisissant.

Gouache — H. 70 c. L. 90 c.

WALLAYER-COSTER (Mme)

48 — **Fruits.**

Un gobelet d'argent, des pêches sur une tresse d'osier, une prune et des marguerites sont déposés sur une table couverte d'un tapis.

Toile. — H. 32 c. L. 40 c.

WATTEAU

(ANTOINE)

49 — **Le Prélude.**

Dans un paysage, une jeune femme blonde vêtue d'une robe de soie jaune rayée, doublée de bleu et retenue sur la poitrine par un ruban rose, est assise sur l'herbe, un livre de musique, ouvert sur les genoux : elle tourne le feuillet. Son bras gauche est posé sur une balustrade de pierre sur laquelle un jeune guitariste est assis.

Tous deux se regardent et semblent préluder par des accords à l'exécution d'un duo.

Ce joli tableau provient de la collection du général Real.

Toile. — H. 40 c. L. 28 c.

WILLE LE FILS

Signé 1783.

50 — **Jeune Femme à sa toilette.**

Dans l'intérieur d'une élégante chambre à coucher, une jeune et jolie femme vêtue d'une robe de satin blanc, les cheveux formant une haute coiffure poudrée ornée de plumes blanches, essaie l'effet d'un bouquet de roses posé sur son sein. Elle est debout devant une glace placée sur une table couverte d'un tapis de Turquie sur laquelle sont encore deux vases, l'un d'argent, l'autre de porcelaine, des rubans et une lettre dépliée. A côté d'elle est une servante en costume de paysanne qui tient une tasse fumante et qui se retire en admirant la splendide toilette de sa belle maîtresse.

Un lit orné de rideaux de soie, un portrait par Greuze, attaché à la muraille et autres accessoires, terminent ce délicieux tableau, qui joint encore à un sujet aimable une couleur charmante et une exécution des plus soignées.

Wille avait l'habitude de donner un numéro d'ordre à tous ses tableaux, le nôtre porte le n° 68.

Toile. — H. 58. L. 42 c.

INCONNU

(ATTRIBUÉ A MIGNARD)

51 — **Portrait de Femme.**

C'est une jolie dame vue presque de dos ; elle tourne la tête du côté du spectateur sur lequel elle jette un regard sympathique. Son costume est élégant et habilement disposé. Le corsage de sa robe, garni d'une belle dentelle, est brodé d'argent et une écharpe est artistement jetée sur ses bras. Ses cheveux châtains sont bouclés sur les tempes, et relevés en nattes derrière la tête. Ils sont maintenus par un ruban, roulés ensuite autour d'une mèche qui tombe gracieusement sur sa poitrine.

Un grand fini qui n'altère en rien la vigueur du modelé en pleine pâte, une couleur brillante et ménagée avec un grand art, distinguent ce superbe portrait.

Toile. Ovale. — H. 80 c. L. 64 c.

INCONNU

52 — **Vue de Paris.**

A gauche, on voit l'hôtel de Nevers, la porte et la tour de Nesle; à droite, le vieux Louvre avec ses tours, sa porte principale et une partie de l'hôtel du petit Bourbon, les Tuileries, la porte Neuve. Au fond le pont Rouge au centre duquel est un moulin. Plus loin, un village et la porte de la Conférence. Sur les quais du Louvre, une grande quantité de personnages, cavaliers et piétons, parmi lesquels on remarque un carrosse; à gauche, sur la grève, est un autre carrosse précédé de coureurs et quelques personnages. Sur le fleuve, on voit une foule d'embarcations naviguant ou amarrées aux grèves et aux quais, notamment au pied de la tour de Nesle. Des laveuses dans des bateaux.

Cette vue importante, digne des peintres flamands, et peut-être la plus détaillée qui existe de cette époque, doit remonter au temps de Henri IV ou au commencement du règne de Louis XIII.

Toile. — H. 1 m. L. 1 m. 80 c.

ÉCOLES ALLEMANDE
FLAMANDE & HOLLANDAISE

BAKHUYSEN

(LUDOLPHE)

53 — **Une Tempête.**

Parmi plusieurs navires qui luttent péniblement contre une mer en courroux, un bâtiment marchand, dont les matelots se hâtent de carguer les voiles, semble sur le point d'être englouti.

« Deux lignes suffisent pour donner une idée de cette composition ; mais aucune description ne pourrait rendre l'effet qu'elle produit. La transparence des eaux, leur limpidité, l'agitation des vagues écumantes, le balancement des vaisseaux, la manœuvre des matelots, l'air qui circule de toutes parts, sont autant d'effets rendus avec une effrayante vérité. Il serait difficile de trouver un tableau qui donnât mieux l'idée d'une tempête ; aussi Bakhuysen est-il placé au premier rang des peintres de marine. »

(Extrait du Catalogue de la première vente du cardinal FESCH en 1843, n° 2 du Catalogue, page 1re.)

Toile. H. 96 c. L. 1 m. 25. c.

BERGEN

(DIRCK VAN)

54 — **Paysage et Animaux.**

Dans un paysage montagneux et boisé, six moutons, un âne, quatre vaches, couchées, debout ou en train de paître, sont gardés par un jeune pâtre assis sur un tertre au pied d'un jeune arbre à côté d'une femme assise à terre, le coude appuyé sur un seau près duquel une poule morte est déposée. Tous les deux s'amusent de la docilité d'une jolie chèvre blanche à laquelle la femme donne des ordres que l'animal semble exécuter.

Toile. — H. 76 c. L. 97 c.

BERGEN

(DIRCK VAN)

Signé.

55 — **Paysage et Animaux.**

Dans un paysage accidenté et boisé sont trois vaches debout ou couchées, quatre moutons en pleine lumière et une quatrième à gauche dans l'ombre formant repoussoir, gardés par une jeune fille et par un pâtre qui joue de la flûte.

Ces deux tableaux, d'une exécution exceptionnelle, sont dignes de Van de Velde, tant la pose des animaux est naturelle et le pinceau suave et agréable.

Toile. — H. 58 c. L. 70 c.

BREKELENKAMP

56 — **Scène Familière.**

Près la porte d'un cabaret et au moment d'en sortir, un page offre en riant un fruit à une jeune servante qui en examine la beauté. Dans le fond de la pièce, on aperçoit, installés à une table, des buveurs lisant la gazette et un homme et une femme debout près la cheminée. Sur le premier plan est un beau chien danois auquel un enfant donne à manger dans une terrine appuyée contre un escabeau sur lequel sont déposés une serviette et un broc d'étain.

Cet excellent tableau est compris dans le nombre de ceux que M. Le Brun a fait graver dans son ouvrage (*Galerie des Peintres, page 95*).

Toile. — H. 68 c. L. 60 c.

DECKER

(CONRAD)

57 — **Habitations rustiques.**

« Sur un tertre sablonneux, tout garni cependant d'une abondante végétation et au pied duquel coule une rivière, on reconnaît à son enseigne un cabaret de village construit partie en briques, partie en bois, couvert de chaume, ombragé d'un côté par de beaux arbres et de l'autre environné de buissons, de plantes et de broussailles; deux hommes causent sous l'auvent de la porte d'entrée de cette habitation, que défend une clôture en planches qui se prolonge vers la droite jusque devant des massifs d'arbres entre lesquels on aperçoit les toits en briques de deux autres maisons. Plus en devant, on remarque un puits à manivelle, une auge en bois, une herse, un seau et deux poules qui cherchent du grain. Dans le lointain, au-dessus d'un petit bois, on découvre le clocher d'une église. »

« L'aspect si pittoresque de cette composition et son effet si singulièrement vrai, sont de sûrs garants qu'elle trouvera de nombreux amateurs. »

(Extrait du Catalogue de la 3me vente du cardinal Fesch en 1844, page 45, n° 59).

Toile. — H. 68. L. 82.

DIETRICH

(CHRISTIAN-GUILLAUME)

Signé 1758.

58 — **Renaud et Armide.**

A l'ombre de massifs d'arbres et d'un rocher contre lequel grimpent des fleurs parasites et d'où s'échappe en cascades une eau fraîche et limpide, Renaud, à demi couché, s'est endormi la tête posée sur la main et le coude appuyé sur un tertre gazonneux.

Armide, dans un costume demi-grec et demi-oriental, l'aperçoit et ordonne aux Amours de le désarmer. L'un s'empare de son casque, l'autre de son épée, un troisième de son bouclier, un quatrième, agenouillé à ses pieds, commence à les enlacer de guirlandes de fleurs. Enfin, un dernier au vol rapide arrive, un flambeau à la main, pour compléter la défaite du héros. Dans le fond, le château de l'enchanteresse termine ce tableau que recommandent le charme et le brillant de son coloris ainsi que son agréable disposition.

Toile. — H. 70 c. L. 56.

DIETRICH

(CHRISTIAN-GUILLAUME)

Signé 1746.

59 — **Jeunes Femmes au bain.**

Dans un paysage montagneux et solitaire, à l'entrée d'une spacieuse grotte formée d'énormes rochers couronnés d'arbres et d'arbustes artistement distribués qui lui donnent un riant aspect, sept jeunes femmes sont venues se baigner : trois d'entre elles à demi enveloppées de draperies se reposent. L'une, vue de dos, est assise, l'autre est agenouillée sur un bloc de rocher couvert de verdure qui occupe le centre du premier plan contre lequel la troisième est accoudée.

Un peu plus loin, les autres femmes sortent de l'eau ou se baignent encore.

Ce tableau, d'un dessin élégant, d'une couleur fraîche et brillante, d'un arrangement délicieux. est si réellement réussi dans son ensemble que je ne crains pas de le présenter comme un petit chef-d'œuvre du maître.

Bois. — H. 26 c. L. 36 c.

HEEM

(JEAN-DAVID DE)

Signé.

60 — **Un Déjeuner.**

Un verre de vin du Rhin sur une élégante lampe en vermeil, un autre à demi rempli, une noix sur une poivrière ainsi qu'un troisième verre contenant du vin blanc et le zeste d'un citron qui s'en échappe en se déroulant ; un raisin, un bol, du pain, un gobelet et deux plats d'argent dans lesquels sont un homard, un citron, une pipe ; puis, près d'eux, des coquilles d'huîtres, des allumettes et une serviette; enfin un autre citron coupé et à demi pelé, sont groupés sur une table en partie couverte d'un tapis de soie verte.

Dans le fond, sur le piédestal d'une colonne, est une corde embrasée, des allumettes qui terminent l'ensemble de ce tableau d'une couleur brillante et transparente.

Bois. — H. 47 c. L. 70 c.

HEEM

(DAVID DE)

Signé.

61 — **Fruits.**

Une pêche ouverte, un raisin, des prunes, des cerises, deux crevettes, sont déposés sur une table de pierre en partie couverte d'une draperie de soie bleue.

Bois. — H. 35 c. L. 27 c.

HEEM

(CORNEILLE DE)

Signé.

62 — **Fleurs & Fruits.**

Des branches d'oranger, de cerisier, d'abricotier, de prunier, chargées de fruits, des raisins groupés et liés par un ruban bleu, sont suspendus à un clou le long d'une muraille.

Bois. — H. 35 c. L. 27 c.

HUGTENBURG

(JEAN VAN)

63 — **Bataille.**

L'action occupe tout le centre d'une vallée, les efforts des assiégeants se dirigent sur deux villages dont un se voit résistant sur la colline, l'autre occupe la gauche du tableau; mais là, si l'attaque est audacieuse, les assiégés se défendent bien : hommes et chevaux sont culbutés des hauteurs qu'ils ont tenté de franchir. Au centre, sur le premier plan, un vaillant cavalier entouré d'ennemis a saisi sa carabine par le canon et se dégage en renversant hommes et chevaux sur son passage. Enfin, assiégés et assiégeants luttent avec un merveilleux courage.

Toile. — H. 35 c. L. 53 c.

JANNECK

(FRANÇOIS-CHRISTOPHE)

64 — **Scène familière.**

Près d'une fenêtre ouverte, une dame en compagnie d'un gentilhomme assis dans un fauteuil et d'une jeune fille debout, accoudée sur le dossier de sa chaise, fait une lecture que n'interrompent pas les aboiements d'un petit chien qui jappe après un chat. Ses auditeurs, moins attentifs, suivent en souriant les mouvements des combattants auxquels veut encore se joindre un roquet que le jeune homme retient sur ses genoux.

JARDIN

(KAREL DU)

65 — **Paysage & Animaux.**

Au pied de hautes montagnes fertiles, meublées çà et là d'habitations et qui couronnent des rochers escarpés, se voit un lac aux bords verdoyants. Il est traversé par un nombreux troupeau de vaches marchant à la file, précédé d'une femme qu'un enfant tient par sa robe.

Dans une espèce de petite île dépendante des bords accidentés du lac, paissent encore six autres vaches. Le soleil couchant éclaire de ses tons dorés cette intéressante petite peinture, dont la couleur transparente et harmonieuse, la touche légère et spirituelle, la vapeur aérienne, décèlent partout le grand maître.

Bois. — H. 30 c. L. 37 c.

LAAR

(PIERRE DE)

66 — **Le Maréchal-Ferrant.**

Sur les hauteurs des Apennins, sous d'immenses rochers formant voûtes et arcades, se voit, taillée dans le roc, la forge d'un maréchal qui est occupé à ferrer un cheval blanc devant sa porte. Près de lui sont un cavalier qui attend ses bons offices; une demi-douzaine de chiens accouplés, gardés par un paysan qui cause avec un homme appuyé sur un bâton.

A gauche, un jeune garçon offre des rafraîchissements à un fauconnier à cheval qui tient un chien en laisse, et sous une voûte des mulets et une femme portant une corbeille sur la tête. A droite, un seigneur à cheval précédé d'un cheval blanc, d'une meute conduite par un paysan et semblant se rendre à une locanda qui se voit à quelque distance. Au fond, des montagnes couvertes de neige.

Ce tableau capital a été gravé par Pierre de Laar lui-même, c'est en faire un suffisant éloge.

Toile. — H. 80 c. L. 1 m. 15 c.

MAES

(NICOLAS)

Signé 1665.

67 — **Réunion d'Enfants.**

Neuf petites filles et un petit garçon, semblant appartenir tous à la même famille, sont réunis près d'une fontaine. La plus jeune, à laquelle une de ses petites sœurs offre des fleurs, est assise dans un petit char doré abrité par un parasol et traîné par une chèvre et un mouton. — Une petite fille, assise sur un débris d'architecture, offre des herbes à brouter au mouton qu'une autre plus âgée pare de fleurs. La chèvre, contre laquelle un des enfants est appuyé, est inquiétée par les jappements d'un petit chien. Dans le fond, une des plus âgées cueille des fleurs et les dépose dans une corbeille que lui tend une petite blonde coiffée d'un bonnet hollandais. Une autre s'amuse à recevoir l'eau de la fontaine dans sa main. Enfin, la dernière est assise à terre près du petit garçon, qui, coiffé d'une toque, le carquois sur l'épaule, tient dans ses bras le cou d'une biche apprivoisée.

Tous ces enfants sont vêtus avec une grande élégance, la soie, le satin, les perles, les brillants même, composent leurs costumes, dont les vives couleurs se marient admirablement à la fraîcheur de leurs gentils visages remplis d'animation et de vivacité. Dans le fond, on aperçoit une rivière, un château et des allées d'arbres.

Composition importante dans laquelle le maître déploie toutes ses qualités. La beauté des enfants, leurs poses naïves, tout intéresse dans ce portrait de famille, dont Maas a su faire un ravissant tableau.

Toile. — H. 65 c. L. 97 c.

MAAS

(DIRCK)

68 — **Halte de Cavaliers.**

Dans un immense parc, qui s'étend jusqu'aux pieds de montagnes éclairées par les chauds rayons d'un soleil couchant et qui est orné de fontaines aux eaux jaillissantes, se voit, sur le premier plan, suivie de deux gentilshommes à cheval, une amazone montée sur une élégante jument blanche. Tous trois tournent la tête du côté d'un jeune homme qui, un fusil sur l'épaule, précédé de son chien, les salue en marchant. Un quatrième cavalier a peine à contenir son cheval qui, agacé par les aboiements d'un chien de chasse, lui lance des ruades. Au second plan, un piqueur fait abreuver deux chevaux dans un bassin ; dans le fond, arrive un carrosse attelé de six chevaux ; puis, çà et là, des chiens et quelques groupes de personnages complètent l'animation de cette agréable peinture exécutée avec grande conscience et d'une couleur des plus harmonieuses.

Toile. — H. 58 c. L. 70 c.

NEER

(ARTHUR VAN DER)

69 — **Paysage. Effet de lune.**

Un large fleuve aux eaux tranquilles en occupe le centre et se perd dans un horizon vaporeux. Ses bords sont embellis par les maisons d'un village entremêlées d'arbres légers.

Des bateaux, des barques sont amarrés au rivage ; une de ces dernières navigue, voile déployée, et une autre, tirée par un cheval blanc, débouche d'un canal paraissant traverser le village qui occupe la gauche du tableau.

Sur le devant, des jones, de vieilles planches assujetties à des pilotis, forment repoussoir à la lumière de la lune qui se répand dans le ciel et se réfléchit dans les eaux du fleuve.

Malgré les ombres de la nuit, la transparence des clairs-obscurs suffit pour faire distinguer tous les objets qui composent ce petit tableau, assurément du meilleur faire du maître.

Bois. — H. 17 c. L. 27 c.

PLATZER

(JEAN-GEORGES)

70 — **Éliézer et Rébecca.**

La fille de Bathuel, montée sur les marches d'un puits monumental, admire les bijoux contenus dans un coffret que lui présente Éliézer. Un peu en arrière de Rébecca est une seconde jeune fille venue pour puiser de l'eau et qui est tout attentive à la scène qui se passe. A gauche, sont les serviteurs d'Abraham : l'un, debout, tient en bride deux chameaux, l'autre est assis sur un coffre renfermant encore des présents. Dans le fond, on aperçoit la ville de Nacor et d'autres jeunes filles qui s'y rendent.

Tableau d'un bel effet, brillant de couleur, qui se distingue aussi par la grâce des jeunes filles dont la gentillesse n'altère en rien le caractère de noblesse.

Cuivre. — H. 36 c. L. 48 c.

POELENBURG

(CORNEILLE)

71 — **Paysage.**

Le site est accidenté et meublé de ruines; sur le premier plan sont des vaches et une femme qui cause avec un homme couché à terre.

Cuivre. — H. 13 c. L. 17 c.

POELENBURG

(CORNEILLE)

72 — **Femmes au bain.**

Dans un endroit solitaire, abrité par des rochers, plusieurs jeunes femmes sont venues se baigner dans une petite rivière qui occupe la gauche du tableau. Deux d'entre elles, déjà sorties de l'eau, se voient l'une debout, l'autre assise sur le premier plan.

Cuivre. — H. 13 c. L. 17 c.

PYNACKER

(ADAM)

73 — **Paysage-Marine.**

Des bateaux chargés de marchandises, tonneaux, ballots et autres, et à bord desquels se voient des femmes et des matelots diversement occupés, sont amarrés sur la rive du premier plan, à l'embouchure d'un large fleuve. En face, sur l'autre rive, du milieu des arbres, s'élève un grand bâtiment contre lequel sont adossées deux tourelles. Il semble indiquer comme l'entrée d'un petit port devant lequel stationnent plusieurs barques dont deux ont leurs voiles déployées. Dans le fond, la mer calme qui reflète tous les objets.

Mais le vrai mérite de ce paysage consiste dans son exécution large, facile et pétillante, dans sa couleur chaude, vaporeuse et transparente, dans la beauté de son ciel chargé de nuages légers qui s'y promènent doucement; enfin dans ces jours artistement distribués qui frisent tous les objets et qui produisent l'effet le plus piquant.

Toile. — H. 42 c. L. 37 c.

ROMYN

(GUILLAUME VAN)

74 — **Paysage et Animaux.**

Sur un tertre, quatre vaches, trois couchées et une debout, autant de moutons, sont gardés par un paysan étendu sur l'herbe. Ces animaux se détachent sur un ciel clair et légèrement nuageux.

Bois. — H. 33 c. L. 42 c.

RUYSDAEL

(SALOMON)

75 — **Paysage-Marine.**

Un bac chargé de quatre vaches et de trois passagers, dirigé à l'arrière par un marinier, conduit à l'avant par un batelier qui tire à lui une corde, vient de traverser un large fleuve dont on peut suivre au loin le cours et qui occupe tout le premier plan du tableau. Plusieurs bateaux à voiles y naviguent et un batelet chargé de paysans va en même temps que le bac aborder à des maisons qui se voient à peu de distance. Un bois longe tout le rivage au bord duquel est encore un vieux château-fort, et, tout au loin, un village.

Tous ces objets se reflètent dans les eaux du fleuve éclairé par la vive lumière d'un ciel brillant.

Cet excellent tableau, d'une couleur vigoureuse et transparente, est incontestablement des plus beaux du maître, et de son meilleur temps.

Bois. — H. 42 c. L. 68 c.

RUYSDAEL

(SALOMON)

Signé.

76 — **Paysage-Marine.**

A droite est la mer qui occupe tout le premier plan. Elle borde à gauche une muraille et des terrains marécageux. Au centre, des maisons entourées d'arbres, une vieille tour et une jetée à laquelle sont amarrés de nombreux bateaux à voiles. Trois batelets, chargés de pêcheurs dont les filets sont tendus, stationnent sur le premier plan de ce tableau également du plus beau faire du maître.

Bois. — H. 38 c. L. 56 c.

SLINGELANDT

(PIERRE VAN)

77 — **Intérieur hollandais.**

Une cheminée dans laquelle brûle du charbon occupe la gauche d'une vaste pièce. A droite sont déposés sur un tonneau une nappe, une cafetière d'étain, un verre renversé et un plat de terre rouge contenant un jambon et un couteau. Dans le fond, une femme penchée sur une table s'occupe des soins du ménage, tout en causant avec une autre femme assise derrière un homme qui allume sa pipe. Divers accessoires garnissent les murailles de cet intérieur rustique ainsi que son premier plan, sur lequel on voit, près de la cheminée, un soufflet, un chaudron, et, autour du tonneau, un plat, des morceaux de bois, et, à terre, une cassette, enfin un chapeau de paille d'un merveilleux travail.

Bois. — H. 33 c. L. 20 c.

SWANEVELT

(HERMAN)

Signé. Paris, 1656.

78 — **Paysage ; site d'Italie.**

Le pays est montagneux, un large courant d'eau qui tombe en cascades sur le premier plan en occupe le centre.

Dans le fond sont des montagnes azurées.

A gauche, des masses de rochers couronnées d'arbres où l'on voit plusieurs bâtiments défendus par une grosse tour.

A droite, de beaux arbres bordant des routes qui aboutissent à un pont de bois jeté sur la rivière et qui les relie à une autre route côtoyant sa rive gauche.

Sur le premier plan, un homme monté sur un âne est arrêté et cause avec une femme et un paysan. Enfin, sur la route, un muletier et quelques voyageurs animent cet agréable et piquant tableau, vivement éclairé par un chaud et brillant soleil couchant.

Toile. — H. 68 c. L. 98 c.

TENIERS

(DAVID)

Signé.

79 — **Intérieur d'Estaminet.**

Dans l'intérieur d'une vaste pièce rustique et sur le premier plan, devant un escabeau sur lequel se voient un chandelier, un réchaud, une serviette et un pot de bière, sont assis deux paysans flamands; l'un, vieux, en bras de chemise, des galoches aux pieds, bourre sa pipe; l'autre, jeune, la main posée sur la hanche, s'apprête à lancer la fumée qu'il vient de tirer d'une pipe qu'il tient élevée en l'air. Un peu en arrière, un troisième paysan, assis devant un tonneau sur lequel il est accoudé, écoute la conversation animée de deux buveurs de bière. Dans le fond, devant la cheminée, sont assis quatre personnages : l'un embrasse une fille, les autres causent, fument et boivent. On y voit encore une porte ouverte par laquelle sort une femme.

Enfin, divers accessoires sur le premier plan, ainsi qu'un pauvre diable qui maudit son intempérance, complètent l'ensemble de cet agréable tableau d'une exécution soignée, d'une couleur transparente et argentine.

Bois. — H. 17 c. L. 23 c.

TÉNIERS

(DAVID)

Signé du monogramme.

80 — **La Maga.**

Dans un paysage, deux jeunes femmes accompagnées d'autant de suivantes écoutent les paroles magiques que leur débite une vieille bohémienne debout, tenant un livre dans la main droite, et, dans la gauche, une baguette posée au centre d'un cercle tracé sur le sable.

Dans ce tableau, qui m'a été vendu à Turin comme provenant de l'ancienne Galerie des princes de Savoie, Téniers a pastiché les maîtres vénitiens, et s'y montre vigoureux et puissant dans sa couleur.

Toile ronde. — H. 58 c. L. 58 c.

WEENIX

(JEAN)

81 — **Paysage et Figures.**

Un voyageur fatigué s'est endormi auprès d'anciennes ruines, devant un piédestal richement décoré qui supporte la statue d'un empereur romain couronné par la Victoire et foulant aux pieds son ennemi vaincu.

Ce tableau, d'une couleur chaude et brillante, de la plus belle qualité du maître, provient de la première vente du cardinal Fesch en 1843, n° 80 du Catalogue dont cette notice est extraite.

Toile. — H. 55 c. L. 43 c.

ZAAFT LEEVEN

(CORNEILLE

Signé.

82 — **Marché aux Bestiaux.**

Près d'un village hollandais se tient un marché où sont rassemblés de nombreux bestiaux distribués avec intelligence sur les différents plans du tableau. Sur le premier, au centre, sont attachés à un poteau fiché en terre un petit veau, une vache debout et trois couchées. A gauche, un paysan cherche à renverser un cochon pour le garrotter comme il a déjà fait de deux autres qui gisent étendus à terre; à droite un jeune garçon, une chandelle allumée à la main, s'apprête à mettre le feu à des copeaux, sans doute pour désinfecter un tonneau dont l'ouverture lui fait face.

Ce tableau d'une jolie couleur, touché avec franchise, se recommande surtout par la naïveté de son dessin et le naturel que Zafft Leeven a su donner aux animaux qu'il représente.

Bois. — H. 38 c. L. 53 c.

ÉCOLE ITALIENNE

GUARDI

(FRANÇOIS)

83 — **Paysage. Site d'Italie.**

Sur un tertre, une vieille tour et ses dépendances converties en habitations rustiques; au fond, un lac; sur le devant, deux hommes qui détruisent une barrière de vieux bois; puis, çà et là, quelques figures habilement distribuées.

Toile. — H. 30 c. L. 24 c.

GUARDI

(FRANÇOIS)

84 — **Paysage et Monuments.**

Un temple romain dont on a fait une église qui occupe la gauche d'un paysage boisé, trois personnages, composent ce petit tableau vivement éclairé par un rayon de soleil qui s'échappe d'un ciel nuageux.

Bois. — H. 12 c. L. 10 c.

SASSO-FERRATO

(JEAN-BAPTISTE)

85 — **La Vierge en prière.**

Les mains jointes, la Vierge, enveloppée d'un long manteau bleu, porte ses regards pénétrants et remplis de mansuétude sur le monde pour lequel elle prie.

Cette belle demi-figure, dont l'expression est des plus touchantes, offre à l'admiration tout ce que le pinceau de Sasso-Ferrato a de plus délicat et tout ce que les tons de sa palette ont de plus fin, de plus flatteur.

Toile. — H. 50 c. L. 42 c.

MINIATURES

MANSION

86 — **Portrait de Femme,** *dit* **le Nœud de Gaze.**
(Lithographie.)

(Ivoire.)

PETITEAU

87 — **Portrait d'un Personnage de la cour de Louis XIV.**

(Ivoire.)

ÉCOLE HOLLANDAISE

88 — **Portrait d'Homme.**

(Miniature à l'huile.)

ÉCOLE ESPAGNOLE

89 — **Portrait d'Homme.**

(Miniature à l'huile.)

ÉCOLE FRANÇAISE

90 — **Portrait d'Actrice.**

(Ivoire.)

Renou et Maulde, imprimeurs de la Compagnie des Commissaires-Priseurs, rue de Rivoli, 144. 11264.

RED. :

21

graphicom

0 1 2 3 4 5 6 7 8 9 10

MIRE ISO N° 1
NF Z 43-007
AFNOR
Cedex 7 - 92080 PARIS-LA-DÉFENSE

www.ingramcontent.com/pod-product-compliance
Ingram Content Group UK Ltd.
Pitfield, Milton Keynes, MK11 3LW, UK
UKHW022125260726
13993UKWH00003B/1229